晏晏集

The
Evanescent
Mirth

王杨

著

陕西新华出版

太白文艺出版社·西安

图书在版编目(CIP)数据

晏晏集 / 王杨著. -- 西安 ： 太白文艺出版社,
2025.5. -- ISBN 978-7-5513-3031-2

Ⅰ. I227

中国国家版本馆 CIP 数据核字第 2025HB2564 号

晏晏集

YANYAN JI

作　　者	王　杨
责任编辑	张丽敏
封面设计	玉娇龙　韩　静
版式设计	玉娇龙　韩　静
出版发行	太白文艺出版社
经　　销	新华书店
印　　刷	武汉怡皓佳印务有限公司
开　　本	880mm×1230mm　1/32
字　　数	37 千字
印　　张	8.25
版　　次	2025 年 5 月第 1 版
印　　次	2025 年 5 月第 1 次印刷
书　　号	ISBN 978-7-5513-3031-2
定　　价	72.00 元

总角之宴，言笑晏晏。
——《诗·卫风·氓》

晏
晏
集

The Evanescent Mirth

余暉

很多年以後已經很熟悉兩起。從山茶花到茉莉。從沙發到愛瘋。

有時候我們在黑暗里相遇。

遞給彼此一支煙。黯光灼痛像不妨徹底的 等邊三角形。

捌月

手稿一

雲很多。海藍色的海。越過去的莫扎特的暴風。襯
衫愛極了。長裙喜歡闖。鞋子脈。相對。景色。
要緊的景色。我們。你。愛情不痛苦。逝世有痛苦。
都十分自然的。偶走一些。心情……度心情，隨便
清。罷了。沿途快樂。蹭吃。肚子餓。假如時光也
浪漫得起。灰色海鷗飛遠。像走為家裏畫上了我們逗號

己巳春日 涸海董書　王桔

手稿二

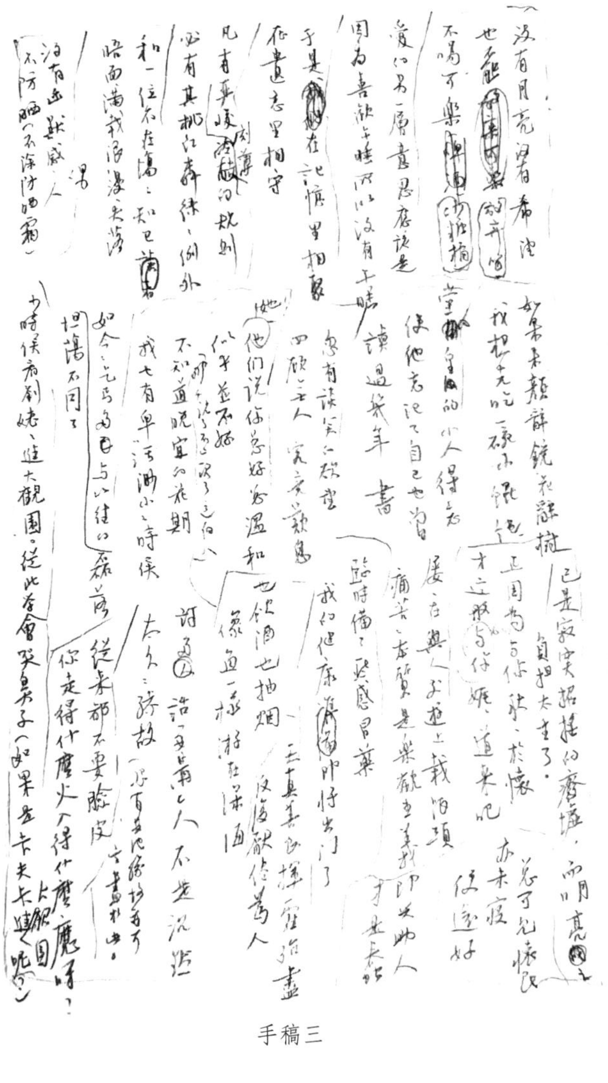

手稿三

「坐輪椅的人」

晚上圈騎車上弓橋

他还在爬坡

輪椅挺慢御?

人呀好輕

落葉從空中飄下来

風沒有停下来竟竟里

我惊眼在他身後

直到眼走這路之号一遍

我们看上去

如此親近圈?

實際上彼此互不相識

手稿四

短暂的趋到之後有色捷奇降临

临暗的眺沖有败的猫疑悲姹寿陰

堂皇眩晕凄凉富丽为了是尚未

情、爱、已经雨散云好　王梅书

落滿木對莘的大街上　藝惡這就漫

長的輕視潦草的美夢之後潮汐不再

值得盼望　心意和獻倦　方死晴

朗不再走向妳而我們的目送是相互的

有霧的清晨　　楊

手稿六

雨後清晨缺乏明媚的時刻間

熱咖啡里多走紙步是致命

的為奎福和自由慌張的人羣

走著下坡路而櫥窗里工作的魚

罐頭再也沒有見過海

乙巳夏月在便利店主楊

秋天总算到来没有

收获漫长之等待过

于丰盛痛苦不够买

未来很可羞耻之事

偶尔鲁迅当年范特西

七月十日 王杨

目录 *Content*

卷一
　　慵困或呶嚷

愿有所息

日记冷却在尘封的抽屉里
瘦削的钥匙满脸忧伤

那天也是个炎热的午后
灵魂几乎锈掉了

突然就没有了清白的爱憎
动也不想动

后来爬上无主的山坡
成了某人的灯塔某人的悬崖

风暴将临
我一个人晴朗得窝窝囊囊

没劲

就是无趣
没有必要

低智的摩擦令人生厌
矛盾失去了内在的丰富性

论输赢讲对错
读两首现代诗就以为历尽沧桑

爱本身是乞讨行为
赖以生存是荒谬的

问候

晨起小径独步
怯生生地
秋天正猫在草丛里

细雨寒凉
肚子饿得咕咕叫
你也穿长袖衣裳了吗

还有热豆浆
苦涩涩的中药包
彬彬有礼的咳嗽声

蒹葭苍苍无恙吗
贝多芬的红塔山无恙吗
米沃什的二锅头无恙吗

犹忆当年的房间里
秋天有时是一勺蓝莓酱
有时是一首吴梦窗

在寺庙里

多少年来始终坚信
神明偏爱沉默

与之对坐良久
假设我们相依为命

云停在屋檐之下
花不知道会不会开

构思一首短诗
交换一些遗憾

立秋了人们想起收获
兜里永远还是三五十块钱

轻描淡写

1.

没有月亮没有希望
也不能不喝可乐

2.

爱的另一层意思是
因为喜欢午睡所以没有午睡

3.

于是在记忆里相聚
在遗忘里相守

4.

凡有刻薄严峻的规则
必有桃红柳绿的例外

5.

和一位不在场的知己晤面

满载浪漫与失落

6.

堂皇的小人得志

使他们忘记自己也曾读过几年书

7.

他说你待人总好总温和

似乎不好

8.

忽有说笑的欲望

四顾无人究竟叹息

9.

喝白开水以前

总觉得还存着几盒茶叶的

10.

如今的乞丐

多与以往的磊落坦荡不同了

11.

临时备了一堆感冒药

我的健康即将出门了

12.

不知道晚宜的花期

我也有过渺小卑污的时候

13.

也饮酒也抽烟

像鱼一样游在深水里

14.

才懂他的高高在上

是谦和矜持毫无恶意的

15.
那天后背奇痒
想到了性情中人的荒谬

16.
夏日上身赤裸的男人
领带挂在脖颈上

17.
许多话要讲的人
倒不是沉默太久的缘故

18.
从来不要脸
你走的什么火入的什么魔呢

19.
贪恋男女情事的人生呢
只是入睡没有睡着

20.

如果朱颜辞镜花辞树

我想先吃一碗小馄饨

21.

没有幽默感的男人

从不防晒

22.

朋友问开什么会你才去

勉强追悼会

23.

果然标榜努力的家伙

最易谄媚

24.

每天无数次同自己讲

真是个忘乎所以的普通人呵

25.

少时读刘姥姥进大观园

从此学会哭鼻子

26.

如果是卡夫卡进大观园

如果大观园锁了门

27.

坦诚直率失了分寸

便是蠢

28.

规则晦涩难懂

成败一目了然

29.

他竟不知忍饥挨打的孩子

也要长大的

30.

桃子香味

从不嚣扰甚至躲起来

31.

媚态

透支良善的一点小偷小摸

32.

袜子总比鞋履多一双

算是我的一点小小城府

希望

接受生活从接受降薪开始
忍耐不幸
同时忍耐琳琅满目的希望
与秋天擦肩而过
多么如梦似真
愿赌服输的全世界
从少女的镜头中坠落
时间的沼泽
无论如何
请不要放弃讨论诗歌

暑意

在夏天工作很无聊
晴朗很无聊

还是很困
竹篮一样放空了很久

也会想起热烈的只言片语
手忙脚乱的

自然而然的三五分钟
功成偃息的疲惫

然而暑意弥漫
遗忘是片刻的清凉

遛狗

我们依偎在阳台
一起看邻居们遛狗
来来今天好腼腆
小黑跑在前面
它们的主人
议论着各种花边新闻
亲爱的,你说
带着狗狗去散步
以及我爱你
它们是一回事儿吧

随想

天气真好
阳光照着我
手上的三颗蓝莓

风中玉兰香
读南明史
初春午后旧沙发

鸟语
行人止步
暖了将要做什么

明媚的茉莉花茶
懒洋洋的
知足啦

其实快乐总是这样
一闪,一闪
做贼似的

快乐未遂

1.
容易厌倦
是我的
诸多悲哀之一

2.
雨过
天晴
熟能生巧的偏见短见

3.
相比于快乐
人们对她的伤痛
表现出异常的关心

4.
破罐子破摔

你从人海中来
回人海中去

5.
很多个午后
灵感来的时候
我都躲开了

6.
紧紧盯着
忧郁的三眼插座
一整个上午

7.
捡到一枝玫瑰
拥挤的格子间
无处安放

8.
三天以后她将收到我

冗长的信
短暂的叹息

9.
眼镜坏了
将要被浩瀚的无知
吞没掉了

10.
手忙脚乱之后
冒失灿烂的欲言又止
倒也有趣

11.
偏偏是一弯新月
寂寞是件
羞耻的事

12.
破镜中的我们

手持盛开的玫瑰

地久天长

13.

掰开我们的伤口

里面有舞蹈

里面有歌声

14.

连帽衫

长风衣

俱怀其心事

15.

他自己便是一本病历

他翻开他自己

他为他自己瞧病

16.

何其难也

每天少说两句话
每天少见两个人

17.
冬夜从容躺卧
让希望
自己在外面奔波

18.
必须学会尊重
旧衣衫上
一道褶皱的自由

19.
君之薄情中
隐隐然的深刻
使我受苦良多

甜蜜与痛苦

你舒服地蜷缩在沙发里
像一颗褶皱的草莓

在春天的夜色中打滚
周身甜奶油味道

从你的山顶缓缓滑落
如同一片温顺而忠诚的曲奇

在阳光下烤熟烤酥
然后消磨甜蜜，同时

也催眠一切痛苦
爱情是一颗褶皱的草莓

含在你忧郁的唇上
寂寞一望无际

初雪

1.梦中

昨夜梦见下雪
旧事弥漫
人影稀疏的街头

梅花盛开
城堡越走越远
我们别无选择

2.想到

大雪落满
冉伯牛的窗前

列国周游已尽
孔子不再失眠

3.距离

落雪的午后
母亲说
正在给逝去的外公上坟

4.惭愧

雪下得越大
遗忘的样子就越清晰
那年冬天
我躺在拥挤的闹市街头
放风筝

5.寂寞

为了继续写作
迷惑而混乱的诗
站在一场偌大的雪里
他不知道自己的寂寞

6.善意

就像关上
一只小小的抽屉
雪花把疲倦的工作
轻轻锁起来了

7.小昭

每年冬天
小昭的雪
从北京落到窗前

念予满身是风
全无用武之地

8.公园里

雪花漫天
忘情相拥的小情侣
等着对方先松开
去小便

新晴

就着微雨看了一小段伯格曼
自顶至踵的阴郁压迫着我
又或是一种快感
我说不大清楚

光线不足的午后
夏天慢慢过去
留下一些朦胧的落败感
足够的理智住在里面

总的来说
一蹶不振是容易的
下定决心却显得艰难

不进则退

眼看着
他们趋名求利
闹哄哄的
我常常礼貌躲开
五月的清晨
外面下着小雨
我坐在走廊发呆
年复一年
对抛头露脸
早就不感兴趣啦

为尊者隐

纷扬的蜚语畅销不衰
一开始就是这样

多年以来受苦无绝
只是勉强地经营维持

除了写诗作文
没去过更远的地方

捕风捉影屠杀葱绿灵感
诗意灭绝不声不响

年轻人都不如意
背黑锅的事情太多啦

大家都喜欢对号入座
善意恶意没人能懂

然而尊者无由悲伤起来
我又怎么可能快乐呢

天性乐观

指甲剪得很短
胡子留长

凡事蜻蜓点点水
以后会分离

摈弃一切主义
知行合一实在太坑人

没有爱的日子里
精神病人精神多了

如果快乐曾经短暂来过
我有不在场证明

归宿

从小到大
独钟鲁迅
想必两个人都不快乐

买了小楼躲躲
各种帽子
咸鱼幻想翻身

在书籍里大快朵颐
在汉堡王慢慢变老
都是好的归宿吧

昼寝未遂

冬日的午后
一片被咬过的胡萝卜吐司

越来越接近模糊与混沌
阳光从漫无目的照到摇摇欲坠

一半是无比自然的摩擦碰撞
一半是难免寂寞的雪上加霜

诗歌里缺少星星和向日葵
而长途跋涉的追逐过分无聊

冬天也许还会有许多期盼的事情
我想我会抵达我并不存在的城堡的

淹旬旷月

1.

当然怀念
当然也会迷恋虚无

2.

靠近打火机
寂寞是一个动作

3.

老板一点都不礼貌
说芦蒿过季了

4.

在快车道上慢慢地走
朋友这样说

5.

很难找到童年那根

颓废而可靠的晾衣绳了

6.

她走得很快

她的香气落在后头

7.

谈起老掉牙的情色八卦

他很羡慕似的

8.

昨夜梦到一个人

醒了没去告诉她

9.

我想成为你的一把椅子

只扶不坐的那种

10.
是个沉默的
爱说话的咽喉炎患者

11.
也是那种有婴儿车
而无婴儿的母爱

12.
颔首不代表赞同
见面也不就是重逢

13.
又见到了去岁卖瓜
只卖整只的倔强大哥

14.
那台闯红灯的轮椅
再也不会闯了

15.

有时候你遇到一个人

感慨人还可以这样好的

16.

暗暗激赏淡淡明白

幸有不少这样的我的读者

17.

唯有形式主义

可以对抗官僚主义

18.

读者成了朋友

从此不再谈论文章

19.

没有生意的街边小店

倒也热闹

20.

有人细雨蒙蒙地离去

便有人阳光明媚地归来

21.

她爱上的是火车的隆隆而过

而非拥挤

22.

悲伤和欣喜时刻发生

夜晚像一张乱写的稿纸

23.

对一切绝望失望之后也还有

螃蟹与黄酒

24.

"你总是言不由衷。"

"哦。什么是言不由衷？"

25.
年关将近
尚未吃到一颗称人心意的橘子

26.
买了豆腐青菜
每天想着看海

迟睡

有雾的清晨

灯光显得昏暗

在客厅

来回踱着步子读诗

没戴眼镜

迟睡发生在昨晚

书没有读完

人走茶凉

喜欢梦中另一个自己

大字不识几个

永远文质彬彬

早秋的信

早晨从七点一刻正式开始
已经是秋天了
阳光正照在书桌上

书桌何曾是顺从
或者宠物的任一种性格
我想

你使我无比纯洁
我是说
你就像忠诚的书籍那样

不用讲,我还是老样子
郁郁不得志
爱吃果丹皮

秋天有些凉

你是本世纪

最好的风光之一

如果你也这样想

如果刚好是这样

如果又不是这样

闪烁

1.

脏话坏话

真是一到用时方恨少

2.

她穿一双高跟凉鞋

转眼倒成了人上人

3.

我们视而不见

我们是彼此精美的残缺

4.

第一万次浪费黄昏

从此再没见面

5.

夏夜晚风

最是通俗易懂

6.

喷一身花露水

写一夜风凉话

7.

清话窃窃私语

绯闻震耳欲聋

8.

雨停了

阴天是黑眼圈

9.

我仍是我雨中

无可救药的过了期的干燥剂

10.

避雨的李清照

冒雨的苏东坡

11.

像消失在暮色炊烟中的雨

我这个人呵

12.
厌倦做人的日子
刚好是雨天

13.
你把我想得黯淡
我因此爱你

14.
在夜晚写诗
不就是放弃抵抗

15.
有时候我按往下的电梯
但上去了

16.
用海水泡的茶
用沼泽种的花

立冬

秋天最冷的一天
我沿着落叶堆积的清晨散步

往事布置下丰美的早餐
我吃不下我是说当我也会感到疲倦

我曾经在河边的芦苇里摇摆无定
如今偶尔燃烧偶尔闷闷不乐

天气凉了永恒似乎难上加难
有些人有些事不知不觉就走远了

失控

天黑是寻常事
五点或六点

开始梦见别的人
分离总还是差不多

有一点难过
秋日临期的啤酒

留白的枯枝不在了
原地站了很久

渴望空气似的爱意
不要海浪

自愈

秋天总算到了
没有收获
漫长的等待过于丰盛

不再担心
倒塌和离散
痛苦不够买未来

很可羞耻的事
偶尔鲁迅
常年范特西

累

像一场漫长的失眠
人走了很远
门才关上

自由等在门外
固执的锁十足精美
钥匙是时间

有些时候
一点小小的人潮汹涌
几乎让他退却了

很多年后
他的漫不经心不是反抗
任劳任怨才是

好同志

书里写道

李隆基逃蜀途中

为阻叛军追击

杨国忠下令烧桥

李隆基叹息

不要绝士庶后路

特地派高力士殿后灭火

讲到这里

朋友突然说了一句

老李倒还像是个好同志

摘草莓记

草莓园主把自己的青春和灿烂种进泥土里
然后长出热情长出忧愁长出二两半精明的大脑

远离人群远离城市远离三万五万的房地产
草莓就生活在这个星球最温柔平缓的呼吸里

一颗两颗三颗安徽的手湖南的手连云港的手
田间地头遍布仓皇的脚踟蹰的脚吃撑了走不动的脚

而每颗草莓仿佛都在说
看啊看啊,他们正在夺走春天的初吻

看海

云很多
海蓝色的海
吹过去的莫扎特的晨风

衬衫爱热闹
长裙喜慵闲
鞋子脉脉相对

景色
要紧的景色
我望望你

爱情有痛苦
海也有痛苦
都十分自然的

海只是一种心情

什么心情
随便讲讲罢了

沿途快乐滂沱
肚子饿
假如时光也浪漫得起

灰色海鸥飞过
像是为寂寞
画上几个逗号

岁末

1.
穿过拥挤的人群
紧握
母亲的手

2.
无来由的忧伤
七颗砂糖橘
使我浑身甜蜜

3.
时间过得很快
咖啡里没有我的山茶花
美梦适可而止

4.

天暗了

篱笆外枯枝

露出欲望和笑

5.

寂寞有许多种

能耐得住的寂寞

未必是真的寂寞

6.

不知还要多少回呢

那条小巷

摔跤的恋人们

7.

孤独哇

放眼望去尽是

异乡人

8.

人世的辛苦

不总在

酒后焦渴的凌晨吧

9.

回家过年

过年回家

仿佛不一样

10.

父母在

我不在

我的家

11.

福字写着写着

手酸心烦

忆起父亲的戒尺

12.
春节等了太久
也会像旧情人似的
撒泼

13.
冬寒
单衣裳
置年货

14.
书房角落的香薰盒
多日未面的
我的友人

15.
砂锅粥
翻滚
所剩无多的热情

16.
囊中羞涩
所幸
梅花盛开

17.
风中
叹息着踩灭烟头的
是我的同乡

18.
春节了
牙齿掉光的老太太也在
嗑瓜子

19.
那个华服精致的女子
只有脸蛋
是多余的

20.

儿时过年嗜糖

长大后不喜

非因糖果不再甜吧

21.

梦中团圆饭

一通吃

怀才不遇似的

22.

她说那些星星

没有消失

只是暗淡了

23.

书房灯

认认真真照着

我潦草的一年

她们

阳光下她们青春靓丽美妙无比
连叹息蹙眉连褶皱的裤脚都发散迷人香气

她们从玫瑰的荆棘中出发并抵达
解放法令纹也解放孤独终老的可能

在人群中她们交换香烟和轻佻的歌声
但在爱慕者的注视下她们腼腆清纯

这座城市让你看见也让你看不见
这些十八岁让你喜欢也让你不喜欢

总的来说她们也许是好朋友好女孩
但她们抽烟文身满嘴下流话

也许她们只是图个乐子也许说者无意

但在卖水饺的窗口她们也必须乖乖排队

说明她们将来必须在偏见中学会无视偏见
说明耍酷装帅做大姐大压根当不了饭吃

这个季节不仅长满希望也长满雀斑
而满腹牢骚过路的诗人只是意外

她们在疲惫的晚秋忙着讨论何处流浪
她们被笨拙的爱意包围但都不愿意回家

如果说你不情我不愿算是一场忧伤的相遇
在半信半疑中虚度光阴将是另一种命中注定

唯唯诺诺

拥挤的清晨六点半
喝完整瓶苏打水

去公园
和绚烂的寂静一起荒芜

晴朗的水面驶过公共汽车
蓝天多么重要

裸泳的风
为了享受沉默的一秒钟

无比珍贵的
短暂而健忘的幼稚自由

成熟从来不是我的志愿
包括夏天

所有的夏天都是你们的
好吗,我不要

完整

桥隐居在闹市
落日隐居在香草味冰激凌

假期近在咫尺
饮酒、淋雨,春天走得很慢

所有人都在苦苦勉强
世界没有意义

爱一个人
迷恋永不疲倦的叹息

假如,你也小心翼翼
历史就不再完整

他说

突然很想不劳而获

过一过

侥幸的生活

讲些大言不惭的话

论资排辈难免寂寞

就是要受之有愧

老老实实

乃是伪装成道德的

屈从忍受

事实上

方便面再怎么卷

也卖不上几个钱

失眠启事

想在报纸上
登一篇失眠启事
——"失主王小杨
于 2023 年 7 月 28 日中午
与睡眠离散
见证者《城堡》《繁花》
特此登报敬告亲友
亦作留念"

有雾的清晨

落满树叶的大街
熟悉造就漫长的轻视

潦草的美梦过后
潮汐不再值得盼望

困意和厌倦方生方死
晴朗不再偏向你

而我们醒着
我们的目送是相互的

可能性

离开镜中的叹息

他躺倒在回忆里

空酒瓶,泡沫,懒

玫瑰枝上疼痛的诱惑

白日梦与虚荣心

它们挤在活泼的夜晚

隐藏在没有星星的背影后面

你看得见吗

在便利店里

雨后的清晨
缺乏明媚的时刻

向热咖啡里多走几步
是致命的

为幸福和自由慌乱的人流
走着下坡路

而在橱窗里工作的鱼罐头
再也没有见过海

睡意昏沉

把阳光恭恭敬敬地请进房间里来
照见一张白纸上可能要写下的诗歌或者
其他什么文章。爵士乐开始晃动
安吉买来的茶叶泡一些在非洲产的咖啡里
因此我得到一些平静因此我丢掉一些平静
午餐后主要的忧郁和次要的欢愉相互抵消
我开始吃一根被秋天偏爱过的香蕉

卷二
　　拥挤或沉默

冬日絮语

1.

日历仿佛比人更懂得过日子
你说呢

2.

真的,冬日啊
午后一点小小的慵困是很享受的

3.

令我感到失望的是
她不爱苏打水

4.

上班上班上班
玉皇大帝也得上班哇

5.
苏东坡打个哈欠的功夫
理想主义便消失了

6.
以后再说
是最悲观也是最乐观的四个字了

7.
好吧，我不是橙
已经是橙汁了

8.
路上除了上班的人
就是下班的人

9.
有时候
亟欲成为番茄蛋汤里那几颗熨帖寂寞的葱花

10.

葱花

权且也当作一种花好了

11.

旧闻姗姗来迟后

倒又成了新闻

12.

日暮时分楼顶观云

薄情翻覆更甚于云

13.

他在不笑的时候也不欲笑

这就很怪

14.

其实最有才气的

是拖鞋

15.

开着暖气吃雪糕

我就常常这样写作

16.

眼看着他越来越令人讨厌

就很知足

17.

我内心最柔软的时候

都在剪指甲

18.

掏耳朵呢

倒总想着古罗马

心理问题

过去常常偏执

世界多么好

寡淡无趣的是我呵

后来百寻聊赖

慌慌张张

只感到疲惫

然后寂寞

草草收场

小小一点可惜

此刻独坐阶前

远观旁人相对嬉笑

平静得什么似的

可爱之处

深陷于一辆绿色的共享单车

肥胖使他呼吸足够急促

背影足够悠闲

哼着歌

翘着兰花指

生活仿佛可以

永远对他网开一面

隐秘的巧合

小区门口
向形容枯槁的
白须老者
买了三颗桃子
他的右手背上
有一道疤痕
缝了三针
离开的时候
我付他三个硬币
他向我道了
三声谢谢

遗憾

梦里游菜市
街首买了两只西瓜
太沉了
寄放在店里
说回头来拿
后来梦醒
好一阵子不愿回忆
那两只瓜
真的
都是一顶一的好瓜

好梦一日游

1.结婚

小妹婚礼
我帮着写喜簿
某某两千一千八百
某某果子两箱糖四斤
没有人注意到
我用马克笔
藏锋露锋中锋侧锋
就像没有人注意到
小妹迎来送往
笑语盈盈的
两只黑眼圈

2.可惜

姨妈打电话
让外婆去杀只鸡

外婆面有难色

挂掉电话

木了一会儿

自顾自念叨说

怎么不早点打电话

那只鸡

我刚刚喂过

3.扫雪

父亲的手

伤了一个多月

回家前两天

下过一场大雪

院内院外

母亲也没力气收拾

我一到家

伊就让我扫雪

一年一年

我将显得

越发有用了

4.寄托

收拾行李的时候

父亲硬要塞两个苹果

我说不要

高铁上也不吃的

到了家拆包

两个苹果还在

母亲解释

你爸说是保平安的

非要放里头

5.老舅

外公去世以后

发觉舅舅越来越像他

中午备了一桌菜

看着我们吃

笑嘻嘻地只喝酒

我很想抱抱他

但他赶着去打牌

6.面子

奶奶脚崴了
一个多月没能出门
下午送我
伊慢吞吞攥着
说前几天见人
都先把拐杖
藏起来

7.头疼

奶奶说
前些日子身体不好
有几天夜里
想我
想得头皮生疼

8.任务

外婆打量了一会儿

说我瘦了

也黑了许多

年纪轻轻

要坚持

勇敢地大吃大喝才好

9.细节

富强帮我开的生蚝

我可以一口闷

别人开的

我要考虑一下

才敢下口

10.诱惑

雪后泥泞的村道

越发瘦弱

老人不敢出门

故乡也并不年轻

每个脚印
代表一种境遇

回家以后
很想做个废人

11.年轻

不在家的时候
枯枝败叶似的
常常把漂泊
当作飞翔
一停下来呢
失落得不得了
不对
已经停不下来了

12.味道

同乡的人
身上总泛着一股鲜味

离开久了
变成了腥

十来年过去
我大概有些咸了

诗歌写了不少
满世界臭鱼烂虾

金枪鱼罐头似的
滋味有是有

鱼也还是鱼
游不回海里去了

通报

某市纪委通报
廉洁纪律典型
其中一则
写某一局长
在开大会期间
伏案写诗

年轻真好

夏日黄昏

被欲望支配的情侣

和飘摇的夜市一样

刚刚开张

炸物小摊上

这对小年轻

要了一份臭豆腐

你喂我一口

我喂你一口

空气中弥漫着

一股股甜蜜的臭味

发觉

老马又在置气
跟当事人
跟同事
他说法律这一行
也干了半辈子了
渐渐发觉
之所以普遍豁达
偶尔乐观
不过是因为
记性不好

秋兴

人群里也很安静
密集的雨下个不停
没有人讲话
整个城市开始变冷
湿重的公交站台上
有些人坐过了站
有些人还没上车

那个男人

破旧早餐店

猪油很香的小馄饨

雪菜肉丝面

餐具凌乱

他拿起胡椒瓶

往碗里用力

倒出来的

是三根牙签

虚伪吃灵魂

秋天刚刚出炉
带着大量真善美

我草草吃过早餐
从踊跃沉默走向孤独灿烂

耗尽家财
捐了二百做慈善

后悔记仇

早起无赖

坐在沙发上

突然很想吃西瓜

家里没有

这个点

外面也没得卖

想起昨天下午

路过那辆卡车的时候

摊主黑黝黝的

去年夏天

我问他买半只西瓜

他说不卖

事缓则圆

减脂的夜里

饿出幻觉

什么都想吃

然而睡觉

梦醒了之后

再没什么兴趣

吃不吃都无所谓

那些年

我们纠缠

要死要活的

许多个夜晚之后

又过了

许多个夜晚

夏耘

从前夏日

随母亲农作

最惧的

是傍晚刈草

蚊虫和尘土一样多

母亲就壮着胆子

钻到庄稼地里

我在地头

看到苦日子

和远方的夜色一起

似乎永远都没有尽头

豁然

外公走后
死亡变得具体
生活是新鲜的阵痛

不知道为何
我闭上了眼睛
还是什么都看不见

他们开始话很少
在悲伤和哭泣中抱别
重逢只是时间问题

但我并不惧怕死亡
生与死的两头
都有我的亲人

驻足

小巷里
他们围坐在一起
只是偶然

散了一圈烟
他们喧腾起来
讲起各自的过去

不记得吃了什么
三杯两盏下肚
夜色暗淡

最好的下酒菜
是彼此
无边无际的挫败感

片刻

半个小时后

他们吃得很饱

没有多少话

火锅店的电视机上

放起了央视新闻

然后他们第一次

一起看完了

三十四个城市的

天气预报

画面之外

朋友问我在干吗
在跑步
发了张自拍
只有头脸
他竟然看得出来
我还比了耶

热感冒

1.

从昨晚开始

一直在流鼻涕

面巾纸不够用

水龙头年久失修

去买药

转身进入成分表的

新世界

开水冲服一次一袋

疏风散寒

解表发汗

不良反应"尚不明确"

注意事项黑体加粗

至于禁忌

还要等一等

2.

天气很热

连电风扇也会感冒

吹了一整个上午

它们的头

好烫

3.

关闭自己的大脑

告别灵魂

只需要二十秒

时间一长

鼻涕就会滴下来

冥想

吟诗

等待戈多

注意:本品不可替代药物

4.

感冒是件严肃的事

无法免疫

世界难题

需在医生指导下

头疼发热

忧郁的俘虏

梦幻的牺牲

不要伟大

要美

要健康

5.

夏天无所不在

感冒从不挑食

在阳光下

人生充满希望

彩虹提前售罄

鼻孔含着泪

梦见夕阳西下

诗人在飞

理想国

她润到日本以后
宁愿饿着肚子
也要去健身
去买最新的漫画书
饿死之前
她叫喊着
要吃冬瓜排骨汤
要吃烧鹅
但她的朋友们
在讣告里说
她有厌食症

体己话

酒后的几句闲聊
是整个傍晚
最好的部分

迷恋三杯两盏
胡言乱语之外的
可爱秩序

虽然沉默
我们一起小便
双脚略宽过肩

互相提醒
说刚刚的话
出去不要再讲

密筵

几个人喝着酒
一个个出门
接电话
神神秘秘的
临了路上
大家互问
才知道都是同一个人
在约吃饭

那个老太太

春天
她卖小葱
夏天卖毛豆
玉米和香瓜
前几天
我又看到她
秋天刚刚上市
冬天还种在后院
她变得
越发漫长
时间仿佛在等她
但也快等不起了
她是真老了

午后不寐

晏兮晨起得食玲珑雅致茶叶蛋一枚之自足
快然欣然怡然竟有山摇地动得卧高枕之愉

听闻命运钟爱无能之辈亦是命运之一小小俗趣
而区区诗人若可消逝不见即是诗人之一小小胜利

于是忽而惊觉溥天之下愈是人多愈是荒凉孤寂
天色既暗往前一步睁只眼闭只眼也别无二致

特产

长假七天

回一趟老家

换个地方烧饭

品尝抽油烟机

咒骂物价

开倒车

学习全新病理知识

倒霉催的亲戚

再送我一腔怒火

带回南通

当特产

速写

我们喝一种名叫雾都孤儿的咖啡
淡淡地聊起命运

大约从懂事开始
人人都说生而不公

不公的是什么不知道
不清楚,也不好说

然而永恒存在
就像阳光和阳光的阴影

他七十五岁了
退休多年无所事事

公与不公已不重要
都过去了,都淡漠了

海难的幸存者

不会再等待上帝的救生圈

错误变得珍贵
机会少得可怜

他说他羡慕我
如果可以重来就成为我

但超市早早开门营业
但店员不能为顾客选择商品

何况是冷门之物
买定离手，恕不退换

离开咖啡馆
他说他看不见了

不是忽然眼疾
只是眼镜上的一层雾气罢了

他笑笑
只是短暂而渺小的一生罢了

多才多艺

他的主业
自然是修理脚踏车
但他正忙于剪螺尾
西瓜摊也是他的
现场杀鸡宰鹅
回收旧手机旧家电
当我向他买二手书的时候
他又谈起俄乌局势巴以冲突
屁股底下的展板上
印着"代写诉状　法律咨询"

防晒专家

燠热午后

影子是致命的

走在前面

一个巧克力老头

蹬着脚踏车

上身赤裸

但胳膊上

还戴着两条冰袖

虚惊

1.

在临苏轼尺牍

隔壁叩门

火警正响

满幢楼人声鼎沸

丈夫上夜班

她拉着孩子望着我

老少都在往楼下跑

我说等我换个鞋

她说来不及了

三人遂呼啸奔逃

2.

小孩子很机灵

十一楼半就不见了

她有点急躁

扯着嗓子喊个不停

人群咬嚷无一人应

我又想笑又想哭
我想我妈

3.
有人没穿外套
有人抱着古驰包
有人不忘吐痰
有人给远方打电话
我没带手机
手机压在宣纸上
当镇尺呢

4.
七楼她逮到了儿子
给了一巴掌
没有时间哭闹
继续往下跑

5.
人群停在了三楼
有人说是消防演练

面面相觑

老人找到了机会喘息

孩子还要回去做作业

众人沉默片刻

开始骂物业

一拥而去

6.

朋友问我当时想到了啥

金银细软怎么不带

我说上次爬楼梯

是在夏天锻炼

上楼减脂

下楼伤膝盖

7.

回去了家

微信群都在骂物业

这两天跟业委会在吵

闹离婚似的

没人回应

我继续写苏轼

8.
半夜有人发消息
说是报假警
一位邻居长时间认为
自家门口警报器故障
报修无果
每日必要试探几次
今晚得逞了

9.
不知道这个人
是不是业委会的

新年快乐

必须正视某种落寞
完全没有任何期待
三十多年了
时间还是往前走
化着迷人的妆容
只准笑不准哭
新年快乐
早就不指望啦

过时

要是我的房子比现在好的话
我早就和你见面了
谭警官，记得
那年我送你的灰太狼气球
它已经过时啦

新晴野望

1.

她如此年轻
连同那三条游弋的鱼尾纹
都如此年轻

2.

是很慢的
像撑船似的
九月接过了八月的长篙

3.

快哉快哉
河里尽是
游泳的鱼

4.

水果小贩
总也答我不出

另一半西瓜卖给了谁

5.
昨天傍晚
我的诗集里
混进来一只叫作别离的布偶猫

6.
三五飞蛾
鬼鬼祟祟
也在妄议是非吗

7.
记不得日期的友人
你的每一天
也都差不多吗

8.
秋风里
偷偷放屁的那人
也曾是个美少年哇

9.

一只,两只,三只

蚊子围过来

早已料我如此慷慨吗

10.

午后匆匆入梦

那几点快乐

终究来晚了一步

区别

晚上十一点在吃饭
我说
夜宵感觉如何
他说
刚刚下班
这不是夜宵
是很晚的晚饭

卖废品

楼下收废书废报

书房里胡乱收拾一通

毛边纸少说十来斤

善琏湖笔松烟老墨

西泠印社的章

"三块五一公斤爱卖不卖"

"我送你一副字四块行不行"

"四块可以谈送字免谈"

网约梦

想在手机上

安装一个 APP

随时打开

便可以做梦

好的坏的

倒不很重要

去应用市场搜索

出来一批

上门按摩的软件

熟人

太熟了以后

说什么都像是废话

都可以是废话

缺乏即兴判断

永远老生常谈

吃好了吃饱了吃腻了

下次还是一样

你说了他点点头

你不说他也能懂

快乐他跟着你

悲伤他赶在你前面

该说什么

不该说什么

他比你还清楚

不能没有这样的熟人

但又不能多

老王,你说呢

坐轮椅的人

晚上骑车上天桥
他正在爬坡
轮椅很慢
人呀好年轻
落叶从空中飘下来
风没有停的意思
我悄悄跟在他身后
直到抵达路的另一边
我们看上去如此亲近
实际上却素不相识

崴脚

1.

养生球赛
油耗不高
百公里两只脚

2.

我强忍着不叫嚷
不对劲儿,振宇说
断了

3.

七张嘴有八个主意
三条腿有九个方向
我想回家

4.

光着脚骑车
人群中流窜

裸奔似的

5.

云南白药

疼得睡不着

木乃伊永远爱我

6.

凌晨三点钟

肿胀花开

爱美不讲道理

7.

给自己放两天假

千万次怕死贪生

亏本买卖

8.

屁大点事分享者

美其名曰

诗人

妥协

我们肩并肩
一起走过好多年
昨天去散步
他把衬衫塞进裤腰里
我问他
你确定要
放弃人生了吗

痛苦

凌晨三点钟

空阔大街上

力气没了

钱也花光了

我问他你终于

感到痛苦了吗

他说没有

这一点点痛苦

压根不够

他还说

她并不是痛苦的阈值

岁数大了

头发白了很多
不停在掉
五十多岁了
还没有用过饿了么
爱情太紧俏了
从前还打对折
缺斤短两是常有的事
"那你到底还要不要"
"少一点，我打包带回家"

今晨

电梯里与一只巨大的萨摩耶和平相处三十秒
脚踏车离踉跄摔倒只差一个寒冷的咳嗽
一个清洁工大妈悠闲地游荡在斑马线上
捏了捏坐在婴儿车里想去看海的小男孩
是外婆还是奶奶说今天天气真是好呀
我骑着树的影子扎进摇摇欲坠的冬日清晨
快乐在后面撵着我直到被风卷入一片落叶之中

她说

咕咾肉还不够甜

鱼片没有上浆

勾芡未遂

生活是一堆

得过且过的预制菜

可怕的

群体性味觉退化

失节事小

饿死事大

端午

少时候
煮了泡了一夜的
柴火灶大锅
翌日晨起
母亲塞到书包里的
那几只粽子
困意犹在

牵挂

朋友在跟妻子离婚

无家可住

路边摊喝了两杯烧酒

长舒一口气

同我讲

暂时还不能离

冰箱里

还有二斤

上好的牛肋条

没顾得上卤

监视

那天移动公司
送我一只摄像头

没有通电
我把它装在盒子里

很多天了
我还是不敢与它对视

刚刚我把它塞到抽屉里
上了把锁

地铁试乘

地铁一号线

免费试乘

大受欢迎

蒸蒸日上也好

虚假繁荣也罢

所有的人

一根绳子上的蚂蚱

必须生死与共

全程 39.182 公里

在饭馆里

1.苍蝇馆子

年龄既长
味觉不可逆地退化
重口味变得必要
少男少女过分清爽啦
服务员得是大爷大妈
头脸得油光衣着得邋遢
端菜时指甲得插在汤水里
吃什么已经不重要啦
刚一进门就八分饱

2.生日快乐

看得出男孩十分兴奋
跑上跑下左摇右摆
缠着年轻的爸爸打电话

接视频的是爷爷

男孩高声叫嚷

"今天我在饭店过生日"

然后报菜名报成绩报岁数

许多人眼里

平常甚至简陋的一餐

也没有生日蛋糕

但并不妨碍他

满脸幸福地许愿祈祷

3.生日不快乐

七点三刻母子俩进门

蛋糕摔得稀巴烂

头发衣裳都被雨水打湿

我们一致认为

（或者说愿意认为）

是个不容易的单亲妈妈

四个大老爷们儿

都想为此负点什么责

恻隐之心人皆有之我们有很多

直到她切一块蛋糕放对面

直到她电话里说"你索性别来了"

直到她趴在桌上

低声啜泣并试图安抚聒噪的儿子

杯中酒变得苦涩

重负得以释放

然而绝望和委屈还只是她的一道前菜

后面是等待

等待是反复而沉重的

孩子吃饱喝足她开始打包

男人这时候来了

她推他一把带着孩子就下楼了

男人淡淡地看着她们离开

吩咐服务员多拿几个塑料袋

比起她那点可有可无的情绪价值

蟹粉狮子头简直要重要得多啦

4.感动

抽烟的人越来越多
我也想来一根
但我没有烟
他们几个也不抽烟
有点失落
就像很多时候
我渴望感动
但生活总不给我机会

5.市井

都说这才是生活
都说很久没有这种感觉了
但饭馆就在自家小区隔壁
来吃饭的除了男女老少
也没有其他的角色
身在市井却怀念市井
泥菩萨过河还总惦记着别人

悲欢离合在三杯两盏后
成为虚无的幻象
我们呵我们
都越来越不认识自己啦

6.雨

酒后真言往往令人动容
遑言萧瑟的雨夜
海风般的香烟缭绕
我们聊命运的百般捉弄
聊生活的茂盛荒芜
聊这样的雨
这么多年来
是怎样把我们淋湿
又是怎样
教会我们躲避和珍惜

惭愧

平素常以清高自命

然而上次电梯里

遇到领导

忙点头微笑

殷勤护住门扉

心跳加速

拦都拦不住似的

什么耿介、淡泊

什么不值钱的清白玩意儿

都他娘的忘个精光

先知

每买一批新书

拿剪刀拆塑封的时候

总要戳伤手指

经年累月

许多次应验了

实在不信邪

然而要等下次了

今天的我

也不得不为自己先知先觉

而感到羞耻

一个下雨的晚上

雨下得那么大

让我觉得

我如果不下点雨

我就真不是玩意儿

看一本旧年的书

想起十来岁时

夏天在院子里

母亲打来两盆水

为我和弟弟洗澡

多年以后

我和弟弟都拥有了

自己的浴室

只可惜母亲只有一个

有时候我看会儿书

就会想起母亲

想要给她打电话

不过已经很晚了
我还并不打算
用夜晚度过自己的一生

红萝卜

少时候

清明节前

父亲准备出门寻生计

红萝卜正好上市时候

临行前

母亲洗出一大盆

打包好让带在火车上吃

我也喜欢吃

但要再等等

一个月后价格就下来了

那些春天里

没有满世界的樱与桃

我总是困困的

父亲总是不在家

标杆物业

春天没有什么好的
短暂,傲慢
阴晴无定
尤其到了晚上
发情的猫叫个不停
实在恼人得很
打电话给物业
回说
这事咱实在帮不了您
当然,也帮不了猫

路边水果摊

昨天是樱桃
不是李子和杏

夏天沉睡在
破旧褪色的二手三轮车上

路过时是傍晚
人影稀疏如他颠簸的额头

收款码在休息
凡·高戴着草帽喘着粗气

红灯等完刚好五十五秒
那一分钟里但愿他也喜欢诗歌

洞然

不得不讲
有时候她厉声正色
看起来像一把枪
吃下一口不耐烦
喝下一杯不合时宜
杀死自我感动
守望在孤独
而神圣的闲暇里
她是自己的神

夫妻价

菜摊上男人不在
她一个人
青菜三块小葱两块五
豆腐还没称好
用计算器算账的时候
男人抽完烟过来
青菜四块五小葱三块
豆腐便宜算总共十块钱
我付完钱
她尴尬笑笑
对我说麻烦您了

算命的说

今年我会

被骗走一些钱

然后就可以

万事无虞了

自那以后

再去菜市场

整个人轻松多了

飞蚊症

美玲阿姨
得了飞蚊症

我想
送她一瓶花露水

年纪大了
怎样才能避免疾病

菩萨说
少去医院

理发记

黄昏时分

坐在我斜对面

正在吹头发的

穿着黑色晚礼服的

带着一瓶香槟

电话不断的

眼睛红肿

胸口有蝴蝶文身

踩着黑色高跟凉鞋的

微胖女人

脚指甲好长

好兄弟

刚进菜场
我听见人家问他
黄桃怎么卖
他说六块钱一斤
过了十来分钟
我买好菜回头
问他
他说黄桃便宜了
七块钱一斤
我说六块行不行
他说好兄弟
卖不了

浪漫不自知

她看起来话不多

衣着散漫

举止邋遢

坐在摊位旁

往撕得不齐整的纸盒上

写着"阳光没贵"

卷三
　　寂寞或虚惊

年终

1.

抵抗无效

麻木万岁

2.

人无远富

必有近忧

3.

作文写诗

如履薄冰

4.

十字路口

苦寻妙趣

5.

赎身宜早

保持水分

6.

人潮人海

茫茫无依

7.

自扼咽喉

人工呼吸

8.

亲朋故旧

八仙过海

9.

没有家底

充满家教

10.

放弃太早

重来太迟

11

家徒四壁

文艺复兴

12.

循规蹈矩

惹是生非

13.

伤痕累累

白璧无缺

14.

万花攒动

睡眼蒙眬

15.

人走茶凉

无忧无惧

16.

家酝固守

绮筵飘摇

17.

道在屎溺

别无选择

18.

卧薪尝胆

轻描淡写

19.

跋山涉水

蹈其覆辙

20.

年年岁岁

一览无余

窗里窗外

风并不大
几棵白杨树
摇落三声鸟鸣

多雨的清晨
飞走了
没有留下痕迹

我在房间里看书
很安静
阴天没有进来

那你呢
还在地下室里
放风筝吗

遣怀

1.

我有严重的厌蠢症
但你还只是老年痴呆

2.

午后的博尔赫斯沉浸在回忆里
平静是一种悲伤

3.

只见过一面
那个人常年讲我的坏话

4.

十几天没有动笔
我在雪天迷路了,还胃疼

5.

毕生刻舟求剑
苦于泛泛浮名

6.

薄情是幸运
念念不忘是封建迷信

7.

厌恶一个人实在太费神了
像是打不完的饱嗝

8.

他说我的诗好但说不出任一首
他说某个领导说好所以他也说好

9.

阳光很好的时候
我常常听到好听的喘息声

10.

写每一行诗都想后缀个括弧

然而怕极了人家懂我的私房话

11.

徒劳

已是谢天谢地了

12.

悲观是悲观

但还远远不够

13.

断壁残垣

装什么门什么窗呐

14.

想去游泳

但不想下水

15.

我想做你的无所事事

随时随地

悲伤

起床很晚
取暖器早早灭了

镜子盯着我的眼睛
灯光没有表情

草草洗漱
热一杯牛奶出门

风不大但很凉
阳光在鼻尖上冻着

骑着脚踏车
寂寞跟在后面跑

日子安闲且平静
但我觉得悲伤

两个小时都在劳作
还觉得是这样

我想我有时候不够悲伤
大概是因为没有时间

所以我的悲伤
跟别人的悲伤应该不一样

羡慕

那个苹果

红色的

仰卧在

他的书桌上

好几天了

那么舒服

仿佛它

十分喜欢

自己是一个苹果

纪念一下

1.

小霞明天办婚礼了

在山西晋中老家

一个鬼马精灵的女孩

即将以当事人的身份

参加一场循规蹈矩的仪式

所以有时候你必须承认

生活的教条并不总是残酷的

也有可能甜蜜或者令人神往

但无论如何啊小霞

为人妇为人母为人爱与所爱

在公转的时候永远不要忘记自转

2.

前天晚上

小霞发微信给我说

"想感受窑洞一日游吗"

我马上查了地图
然后回她
"心向往之"

3.
《有风》在出版之前
我看上了小霞的一张照片
后来无偿使用了
当作封面
把样书寄过去
过了两天她说
"人都说像盗版书"

4.
那年去北京参加笔会
见过了梁晓声之后
去见了小霞
我们喝了二锅头
吃了驴板肠和腊八蒜
晚上九十点钟

她去坐地铁回家
我们随便告别
就像天天见面的朋友一样

5.
小霞是我的学妹
毕业七八年了
潦草见过一两面
倒不觉得生分
前几年她考公务员
我就知道
她早晚要结婚

6.
小霞的学名是邢瑾霞
事实上
我还没有叫过她小霞
也没听人叫起过
巧合的是
我的母亲倒是叫小霞

7.

往事渺渺如梦

回忆充满必要

抒情充满必要

节制同样充满必要

婚礼我不去了

我就先说这些

热寂

每天要呼吸吃饭
囫囵吞枣

吞皮囊
吞是非吞凋谢的屋檐

但秋天总会来的
一梦黄粱不是我说的

不过是望远镜的眼罩
螺丝钉的草丛

恐高的鸟
溺水的鱼

短暂的诗意

1.

废弃的酒壶中

几朵小雏菊

仍十分矜持地开落

2.

雪菜小黄鱼

更舒服的

是雪菜还是小黄鱼呢

3.

垃圾桶里

两束玫瑰

打算恋爱了吗

4.

仿佛为春天戴上眼镜

薄雾的清晨

太阳出来了

5.

他的最后一觉

也会如此

呼声震天吗

6.

像一只蜗牛

感到所有风吹草动

都粗声大气

7.

油菜花田

以长杆浇粪者

不可谓不潇洒

8.

一支香烟

一首抒情的歌

幸也无人伴

9.

在厕纸上写诗

短暂的诗意遇上

便秘的笔

10.

时间

一朵一朵

凋谢在阳台上

11.

倘若旧我尚在

暮色中同饮

亦鲜有欢声

瞬间

面对狭长幽深的假期
我每天失眠

夏天离开没有留下什么
遗憾和平庸才是常态

他们都得到了他们的生活
可是再也没有写出诗

快乐为什么变难了
有时候

余晖

很多年以后

已经倦于夜读

从山茶花到茉莉

从沙发到废墟

有时候我们在黑暗里相逢

递给彼此一根烟

照亮的疼痛

像不够彻底的

等边三角形

荒野的可能

越来越晦暗的午后
没有诗要写

像打开一盏冷鲜灯
世界不是本来的样子

日日饮酒乐甚
离想要的生活很远了

有一种甜蜜的圈套
使我痛苦而平静

漏洞百出的夜晚
也许不该说那么多

独步偶得

1.

很久没有梦到你了
快乐如此肤浅

2.

一树一树蔷薇
胖胖的扫地大叔喘着粗气

3.

真心话带进棺材
狠话恶话张口就来

4.

想起你
三分钟热度
已是清澈漫长的旅途了

5.

春天的欢喜毫无意义

漫长的齿痛天下无敌

6.

难舍的爱不能的爱

如此累人

7.

四月的最后一天

窗前发呆我捧一只空花瓶

8.

每每写诗超过十行

必觉得蠢而无趣

9.

他们感情的分歧在于

一个想要本金

一个只要利息

10.
诚实的小部分时间里
渴望见不到面

就是朝朝暮暮
所以很担心

11.
秋天投宿在香烟的阴影里
寂寞埋下伏笔
为人伤感的秘诀是
对庸俗永远保有戒心

12.
爱即重复劳动

在冬天

寒冷和虚无结伴而来
没有毛茸茸的手套
喜欢贴着街角走

早餐后爱上丁达尔效应
爱上永远在原地徘徊
已经无可救药

他离不开那些美丽的伤口
也许是命中注定
就像我离不开胆怯的薄荷糖

在冷冷清清的公园里散步
忘掉那个遥远的下午
新鲜的咳嗽药美味异常

敷衍之快乐

1.

凉爽天
小小蚊子包
偷偷藏在袖口

2.

在各种世俗中
幸存着
是福还是祸呢

3.

想到一个遥远的朋友
那时我们写信
我还不像是芦苇

4.

平日辛苦装扮自己
万圣节

终得一晌小憩

5.

这样不算十分糟糕
但是亲爱的
沉默不是万能药

6.

感情这东西
有偿体验各种疼痛
永不痊愈

7.

洗碗的时候
想到《水浒传》里
未写的那么多勤杂工啊

8.

十一月了
父亲的药
大概又吃光了

颤抖

我厌恶夏天的一切
可以体谅的事情
实在太少了

礼崩乐坏
冰咖啡加不加奶
是原则问题

在朝生暮死的
权力欲里
寻求合理

比让李白
喝临期的青岛啤酒
更加恶劣

午后我昏昏欲睡
冰激凌
还是别人家的好吃

荒疏

1.

即兴助人

总是蠢

2.

天真和善良挥霍殆尽

反复厌恶为人

3.

走在一条很窄的小路上

每天拥啊挤啊

4.

总可见"怀民亦未寝"

便也还好

5.

长年和希望保持距离

使他持续皎洁鲜活

6.

正因与你耿耿于怀

才这般娓娓道来

7.

屡屡在与人交游上栽跟头

痛苦的本质是乐观主义

8.

已是寂寞招摇的废墟

明亮的负担太重了

9.

我担心失去

但事实上我从未得到

10.

坚持意味着别无选择

先吃饭吧

坏心情

没有事做
专心培养坏心情
装腔作势
去找不痛快

快乐太容易了
生活赐予我许多
足够我浪费三年五载
更少或更多

但也不是绝对
绝对的只有失去
包括爱而不得
以及我放弃的

谈恋爱不是年纪啦
死亡也为时过早

况且天堂

也会有世俗问题

天气很差

橘子好困

拥挤的男男女女

不懂得伤心

沉默能否带来真正的自由

我不确定

我们离信仰那玩意儿太远啦

无所谓

意味深长

早起一个小时
意味着早一个小时吃饭
早一个小时花钱
早一个小时收到地球的账单
意味着与晚起一个小时的人
不再同属于一个阶层
意味着困倦
怀疑、痛苦或者彷徨
通通提前一个小时开始营业
意味着我与这个世界
多了一个小时的时间
可以和解

产业

青春不多了
一味回避显得嘲讽

但疼痛和失望
依然漫山遍野

冷漠保护不了我了
写诗也不是办法

我必须承认我有一家工厂
批量生产理想主义

风平浪静

1.
众生飞奔
我钟情
她的趔趄

2.
你们自到高处攀
我两手空空
往远处睡午觉

3.
也曾说自己像风
如今只是
风中的院门

4.

有时在烈日下游泳

快乐是

一个愿打一个愿挨

5.

他说，你最近写那么少

生活一定

过得太好了吧

6.

苦心孤诣的平静

睡眼惺忪的平静

到底不一样

7.

淡泊疏离

是手段

也是目的

8.

志得意满了

自去谦虚无度

失意时要默默的暗暗的才好

9.

籍籍无名的

狭隘渺小的那几年

多么招人怜爱

10.

见人吃顿饺子

连夜收拾行装归乡

姹紫嫣红开遍的那半个小时

11.

好的痛苦

坏的快乐

他们好像不区分的

春分随笔

1.

清早剥橙子的时候
想到昨晚梦见孔子的事

2.

抱着西瓜去上班
甜蜜发生在吃它以前

3.

杭椒牛柳粒
香干马兰头

4.

从日出到日落
满坑满谷地爱慕自己

5.

悲伤不请自来

快乐是值得厌倦的一件事情

6.

因着一点世故

被朋友笑骂了两个晚上的我啊

7.

如今我还有许多希望

但都不再指望春天

8.

永远在摇曳的窗台

和两棵鼠尾草

9.

道旁多苦李

老马的葱油饼摊除外

10.

我不大许愿了
后来的如愿都没那么快乐

11.

那年春天我们生机勃勃
随即杳无音讯

12.

精神小伙和疲惫大姐
酥油小饼和发面大馍

13.

江南的烟柳摇曳不出北方老大爷的莞尔一笑
而北方老大爷更擅长把春光通通逼到墙角

14.

横冲直撞的奔走叫作流窜
毫无希望的追逐叫作尾随

写信

很久都没有写信了
邮局也不常去
但这并不意味着
我只有眼下的烦恼
而忽视了远处的忧愁
生活是每个瞬间
它每天给自己写信

体检

胆量越发萎缩

表达出现障碍

浪漫几乎消灭

真实渐渐丧失

习惯麻木

开始盲从

医生说

其余一切正常

祝你长命百岁

茂密

1.

他似乎同情和怜惜所有人
除了自己

2.

有时候悬崖站了太久
只想吃一碗屋檐下的小馄饨

3.

碧空如洗
一地鸡毛

4.

我已熟识旁观的本领
只是耐心无多了

5.

那小孩还以为每只鸽子
生来就有脖锁在身上

6.

那几个谈到回忆的人
会成为回忆

7.

昨晚的月亮好大
本来还想说想你没有理由的

8.

快乐被失眠咬了一口痛还不属于它
光有热爱是不够的

9.

没有椅子围坐着的桌子
怪可怜见的

10.

总要寂寞一阵子

尽管谁也不想对号入座

11.

其实我也有缝隙

像桃像墙壁像凌乱的书籍

12.

像空旷的时间

那个少女经过没有灯光的窗前

13.

晴朗疲倦的午后

我拿着一把崭新的没有见过雨的黑伞

14.

楼梯摇摇欲坠

是进是退我还没有想好

15.

好像有人喊我的名字

回过头天已经黑了

16.

往事如烟

我把打火机忘在梦里头了

17.

每天只想写个三五分钟

迷路久了总也算麻烦的事情

18.

新晨日色几如黄昏

我荡漾了

19.

散步的我

庄周的我

20.

一些明媚的破绽

一些黯淡的忧伤

21.

无友不如己者

无友也好

22.

披衣出门

挂钩自己挂在那儿

23.

像枕头一样没脾气

是很难呵

24.

咀嚼他人的苦难

并不会让自己变得香甜

月下

每一天都在月下走过
有时我吃一个橙子,有时是一个苹果
像一只背着队伍站立的羔羊
我的朋友,我听得见叫喊声,我被拖拽着
被时间,被矛盾,被许多语焉不详的命令
亲爱的,你是道路,弯曲萦绕,不是吗
那么月亮呢?空中渺小的月亮
它真的都看得见吗?我不管?行吗

自觉

普通人
要时刻准备与危机共存

一夜暴富
已经是最朴素的愿望

不必隐姓埋名
没有机会壮烈牺牲

穷极所能
获取唯一的共鸣

多喝热水
保你平安一生

在充满幻想的田野上
西西弗们已经崩溃了

自省

我再也不迷恋
有意义的诗歌或
其他文字

生活慢慢凋谢
精神绿洲野蛮生长
不是好事

窗里窗外

1.

其实什么也没看到
但整个午后
我一直望着窗外
雾很大
多么疲惫

2.

他们坐在咖啡店外
蓝色马克杯
车来车往
没有人讲话
恋爱无趣
很快就冬天了

3.

早上出门
只带了一只眼睛
一半耳朵
情绪拥挤的夜晚
软肋避而不谈
冷淡是一种生存方式

4.

没有风
耐心原是无助

5.

释然的意思是
拆不掉的围墙
就绕过去了

6.

白灼小管鱿仔

芥末要多

读完浮士德

去看马大帅

7.

想在雾多的路口

搬张椅子

看人摊煎饼

轰轰烈烈

郁郁葱葱

8.

那里堆满了书籍

啤酒鲜花

自由二十四小时营业

渴望相遇

但不知道未来是什么

树的后面有风

番茄的后面有鸡蛋
雾散了
它们正式告别

9.
有香烟
没有打火机
而所谓的长久关系
也只是燃烧的一小段

10.
再路过那里
已经是很久以后的事
他去了新开的餐厅
记住了另一个门牌号
意外和一条流浪狗
结伴走了好远一段路

正义感

先时候

面对社会问题

我喜欢发声

相信第一直觉

是非观清清爽爽

近年来不大这样了

人教我理智

不要轻下判断

等待最终结果

我知道他们是对的

但正确

不是唯一的价值

说与不说

1.

乞浆得酒的快乐
倒还不如种瓜得豆的自嘲了

2.

夏天那些漫长的勾引
漫长的厌倦是常态了吗

3.

依然是那些短暂的耳鸣
使我颓然自得

4.

拿破仑的塞纳河
保罗·策兰的塞纳河

5.

眼看他们耗尽气力上了山

然后下来

6.

有时候自觉很努力了

还是被虚无抓伤

7.

已经说了愿意抛却自己

与你团结友爱

8.

彩虹消失在医院里

不就是治愈

9.

吹着庄子的风

惠特曼的风

10.

幸亏我什么也不是

幸亏我对谁都充满陌生

11.

噪声消失后

感到世界与我如此疏离

12.

把玩了半天地球仪

一动也没动

13.

每天晚上写毛笔字

看着一盏小灯照亮自己

14.

中秋的团圆

是月光寂寞的一部分

15.

那天我给她一个不易察觉的疼痛

得到了一首诗

16.

那只是一条浅绿的长裙

不是爱

17.

那个老人九十多岁了

每天三颗巧克力

18.

尊重啤酒

尊重雪中送炭的七到八秒钟

19.

散步的时候读完张枣诗文集

跑了两步

20.
同样的蒜泥和盐
烧了红薯叶和空心菜

21.
笔墨稀疏的夜晚
爱上的李双阳

百合

绽放以后
每天都在有序枯萎

花瓶是一片静谧的荒原
没有飞鸟掠过

孤独百密一疏
爱是恩赐

午睡

过了十二点半

有些困了

但还是没合眼

睡眠需要大量独处的时间

我的经验做不到

年纪大了

许多时候三思而不行

鬼鬼祟祟

充满自知之明

是好事还是坏事

谁也说不准

冷水澡

突然爱上
洗冷水澡
开着窗

坦荡地淋雨
像一棵
摇曳的树

地球在变暖
为了子孙后代
冷一些总是好的

爱与被爱都一样
温度太高
味道就坏了

是夏天了

短暂的热烈之后
夜色提前降临
晦暗的眺望
腐败的犹疑
悲怆失落堂皇
眩晕凄凉富丽
多了是
尚未情情爱爱
已经雨散云收了

忽然之间

说起个性
他谈到失落和遗憾

丰富细腻的情感
是功成名就追逐的雅趣

庸俗怯懦苟且偷安
自助消费随用随取

清白的人格是消耗品
切勿浪费,他说

嘱托

家有一把韭菜

想吃春卷

拥挤的菜市场

肥胖的店家热汗淋漓

八块钱一斤的皮子

不知道买多少张

她让我描画韭菜的分量

并告诉我馅儿要调咸一点

路上袋子不要扎口

我点点头,那时候

我们像极了两张

刚烙熟的薄饼

说粘就粘到一起了

说明

即使是再要好的朋友
我也不期待他看我的文章
不渴望不要求不兴奋
遑言不熟悉的人
写作这玩意所有的快感
在刚刚写完的一刹那
就结束了

偏爱

天气暖和了

街上樱花开了

喝了几支啤酒

晚宜说

去岁的促膝长谈

还只要六块钱一瓶

平静最好

也会偶尔想到你
因为一点小事一杯水
但无关紧要
就像春天的风吹向我也会吹向你
我们是彼此甜蜜虚无的薄荷糖
舔两口吞下去不就是消失了

夜里

凌晨三点多钟

躺在床上

忍住了一声咳嗽

书房里绕了两圈

没有开灯

寂静是一条法律

人群里待得久了

失去了水到渠成的坚决

常常滥施怜悯

常常

无辜地恼恨

而知觉

甜蜜无需隐藏

疼痛暴露它们自己

一句顶一万句

很多年了
我们一直是朋友
好久不见
还是很多话讲
有时候
我在心里跟他说话
聊完以后
我发微信给他说
"谢谢""明白了"
他也不奇怪
只是回复我说
"嗯""那就好"

节外生枝

哪有什么特别的人
他说何况
特别的人多了
也都一样是普通人
我无从安慰
跟他说
你的那个女朋友
现在跟小波好上了
他笑笑
说现在麻烦了
我要是和她复合
还得问小波的意思了

说说

没有在一起
有段日子了
她还是一脸无辜

女人是听觉动物
男人只沉默地盯着女人
那两三个部位

熟能生巧的含情脉脉之后
悲伤像个意外
而她

插在那堆牛粪上
比插在他这堆牛粪上
似乎要迷人很多

难受的事

明天就是五一假了
也没觉得快乐
有些人和事
就像饭后
塞在牙齿里的肉丝
有的是营养
还是要吐掉
中午我看到那个女孩
长得很好的
坐在食堂里剔牙齿
没有用手掩着
也没有
用纸接着

懒

总体来说

以春节为轴

尽情游荡了二十来天

拒绝扪心自问

时时沾沾自喜

像荒废镜子里的晴朗

樱桃被鸟吃掉

还是被我吃掉

并没有什么差别

凑齐了很多种想象

我们认识那么久

终于发现根本没有对错

我们不同

属于我们的星星

同样也属于别人

偶然,残缺,波德莱尔

一些被低估的停顿

不可撤销的对望

忍耐日久

一个人拥有一小段乐此不疲

就够了

如果送信的人迷了路

在一个偏僻的角落

明亮的聚光灯下

你的爱意蠢蠢欲动

如果寂寞

在雨中的曲折的匆忙的

叹息声里

我们都不再转身

对那些尚未发生的事

诗歌迟到了

一只苹果的尖叫迟到了

重逢决定不再慷慨

有人在挥霍伤痛

如同迷信地走过

一条泥泞的小路

必须为将来定一个调子

白色的鞋子如何避让

颤栗的混沌

或者粉饰

或者搭一座桥

沿途播种喧闹的河流

或者

到此为止

避让所有荒诞的相遇

避让不够日常的生活

并且承认那些傍晚是对的

唯一的忧郁的烟气袅袅的傍晚

篝火像潮水翻滚着

空旷的礼拜一

若无其事的告别

我试图模仿的那棵莴笋

莽撞得客客套套

总要保持些坏脾气

不信可以成为落雨天

某一阵风中蒹葭的倒影

也总算可以睡个好觉

当人们说起后悔的事

错过任何事情都像错过你

而这一切又如此

稀松平常